KB232507

뒤죽박죽 상자 속 물건들

너도 보이니? ①

월터 윅 지음 | 이현정 옮김

달리

CAN YOU SEE WHAT I SEE?
by Walter Wick

Copyright © 2002 by Walter Wick
Korean translation copyright © 2003 Dahli Children's Books Inc.
All rights reserved.
This Korean edition was published by arrangement with Scholastic Inc.,
557 Broadway, New York, NY 10012 through KCC, Seoul.
이 책의 한국어판 저작권은 KCC를 통해 Scholastic Inc.와 독점계약한 (주)도서출판 달리에 있습니다.
신저작권법에 따라 한국 내에서 보호를 받는 저작물이므로 무단 전재와 무단 복제를 금합니다.

너도 보이니? ❶
뒤죽박죽 상자 속 물건들
월터 윅 지음 | 이현정 옮김

1판 1쇄 펴냄 2009년 10월 19일
1판 36쇄 펴냄 2025년 8월 25일

펴낸이 박소연 | 펴낸곳 (주)도서출판 달리 | 등록 2002. 6. 4.(제10-2398호)
04008 서울시 마포구 희우정로 16길, 17-5 | 전화 02) 333-3702 | 팩스 02) 333-3703
ISBN 978-89-90364-09-8 74000
       978-89-90364-57-9 (세트)

차례

구불구불 노끈 4

뒤죽박죽 상자 안 6

알쏭달쏭 카드놀이 8

알록달록 투명 인형 10

뚝딱뚝딱 목공소 12

아슬아슬 도미노 14

신비한 마술 거울 16

차근차근 그림 블록 18

조심조심 조립실 20

덜컹덜컹, 쿵, 쾅! 22

알파벳 미로 24

잡동사니 창고 26

정답 28

이 책에 대하여 34

작가에 대하여 35

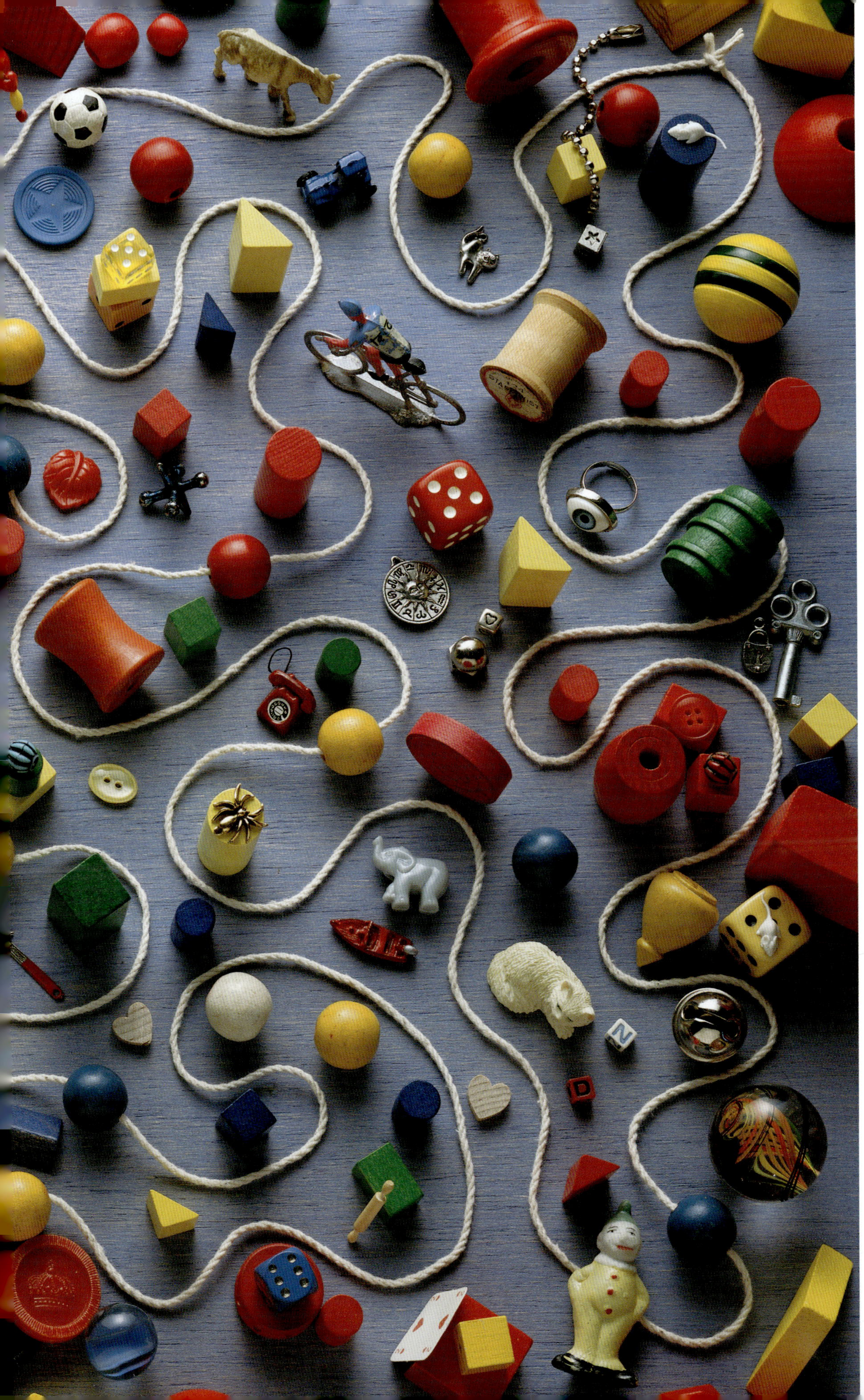

구불구불 노끈

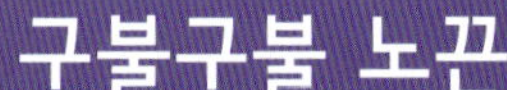

너도 보이니?

은빛 해님 하나,
얼룩덜룩 바둑강아지 한 마리,
반짝반짝 고양이 한 마리,
조그만 개구리 한 마리,
빙글빙글 나사 한 개,
하얀 생쥐 여섯 마리,
귀여운 돌고래 한 마리,
주사위 열한 개,
용수철 옆에 있는
꼬마 낙타 한 마리,
그리고
유일하게 노끈 안에 있는 하트!

너도 보이니?

무당벌레 한 마리,
파란 별 세 개,
항아리 하나,
'2'가 나온 주사위 한 개,
지구 모양의 구슬 한 개,
초승달 하나,
야구 방망이 네 자루,
포크 하나, 숟가락 하나,
가재의 집게발 하나,
어릿광대가 매고 있는
빨간 나비넥타이 하나,
잡동사니 속의 도토리 한 톨,
그리고
알파벳이 나란히 늘어선
공깃돌 세 개!

알쏭달쏭 카드놀이

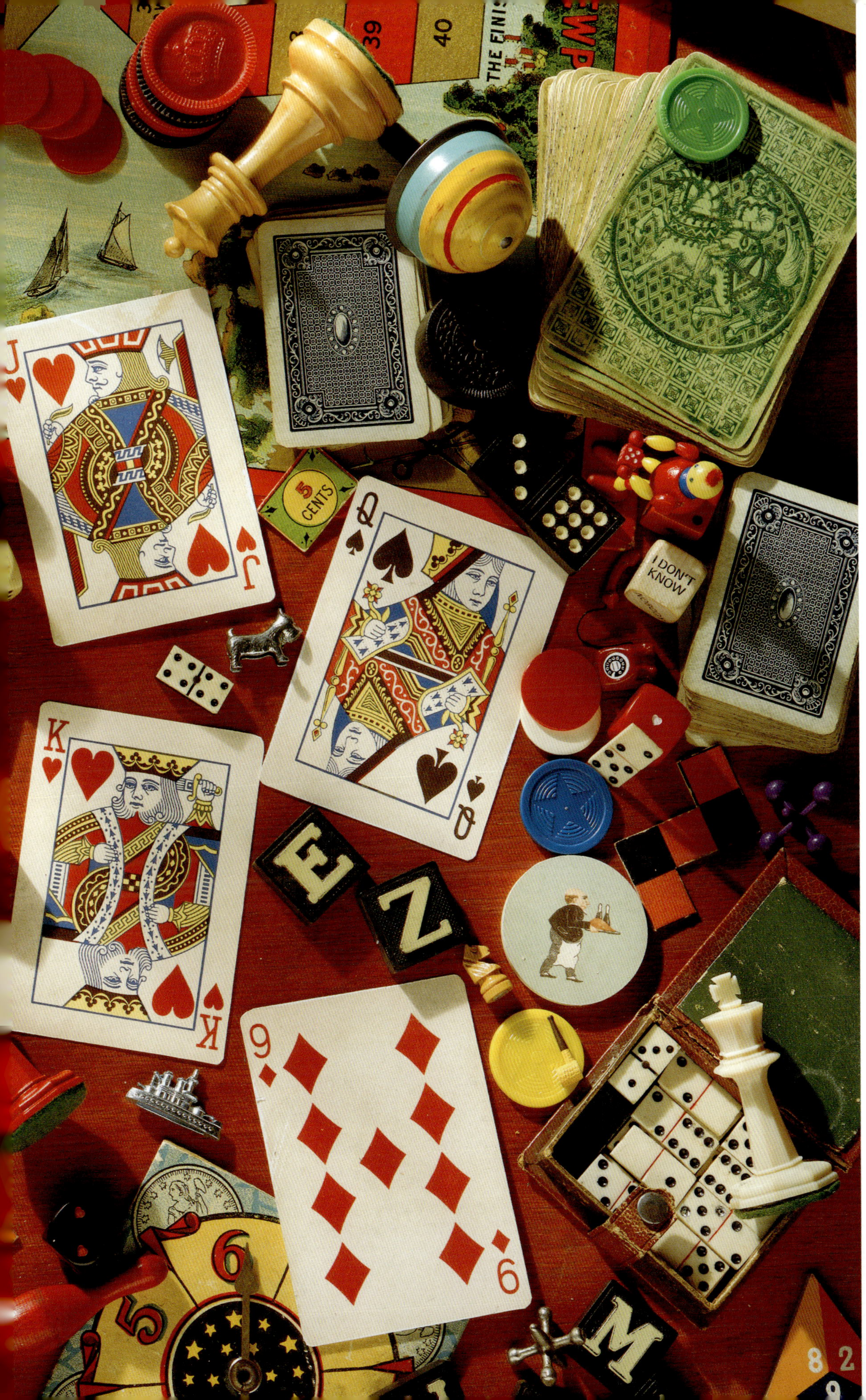

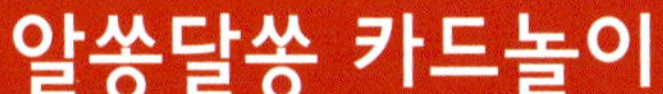

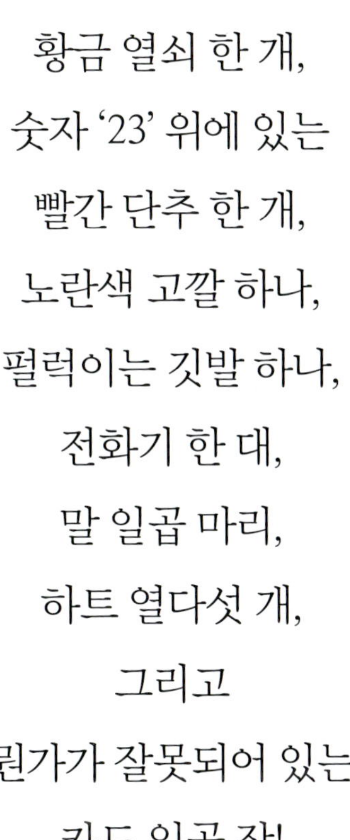

너도 보이니?

황금 열쇠 한 개,
숫자 '23' 위에 있는
빨간 단추 한 개,
노란색 고깔 하나,
펄럭이는 깃발 하나,
전화기 한 대,
말 일곱 마리,
하트 열다섯 개,
그리고
뭔가가 잘못되어 있는
카드 일곱 장!

너도 보이니?

공룡 한 마리,
칼 한 자루,
백조 한 마리,
물소 뿔 한 쌍,
하품하는 하마 한 마리,
파란 캥거루 한 마리,
배 한 척, 비행기 석 대,
스르륵 지나가는 뱀 한 마리,
자동차 한 대, 기차 두 량,
달님 얼굴,
해님 얼굴,
하트 속의 하트,
그리고
달려가는 토끼 한 마리!

너도 보이니?

별 두 개,
나사못 한 개,
끈 풀린 신발,
토끼 일곱 마리,
캥거루 한 마리,
밀방망이 한 개,
돼지 자리에 들어가 있는
다람쥐 한 마리,
바퀴 달린 수탉 한 마리,
흔들의자 한 개,
오리 두 마리,
그리고
곰이 있던 자리!

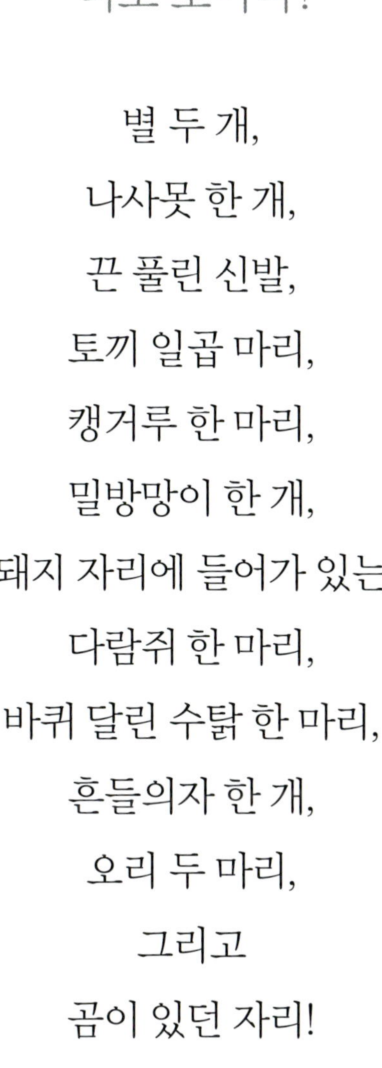

너도 보이니?

볼링 핀 다섯 개,
연필 한 자루,
못 한 개,
까만 모자 두 개,
사자 꼬리 한 개,
테니스 라켓 한 개,
게으름뱅이 개구리 한 마리,
심벌즈 한 벌,
골무 세 개,
말 잘 듣는 강아지 한 마리,
도미노를 싣고 가는 수레 한 대,
굴러가는 공 하나,
그리고
막 아래로 뛰어내리려는
어릿광대 한 명!

너도 보이니?

도끼를 들고 있는 남자,
빗자루를 들고 있는 소녀,
낚시꾼의 바구니,
무지무지 큰 버섯 한 송이,
케이크 한 접시,
고양이 두 마리,
너구리 한 마리,
집으로 가는 길,
칼 한 자루,
포크 하나, 숟가락 하나,
지혜로운 늙은 마법사,
돌로 지은 탑,
팔걸이 붕대를 한 왕,
그리고
거울의 여섯 가지 속임수!

너도 보이니?

나비 두 마리,
닻 하나,
물고기 한 마리,
아기 우유병 하나,
김이 모락모락 나는 접시 한 장,
의자 한 개,
판다 한 마리,
한껏 멋을 낸 오리 한 마리,
쌍안경 한 개,
생쥐 세 마리, 사슴 한 마리,
언덕을 오르는 트럭 한 대,
상자에서 튀어나온
용수철 인형,
열 개의 나무 블록에
그려진 것과
똑같은 동물과 물건 찾기!

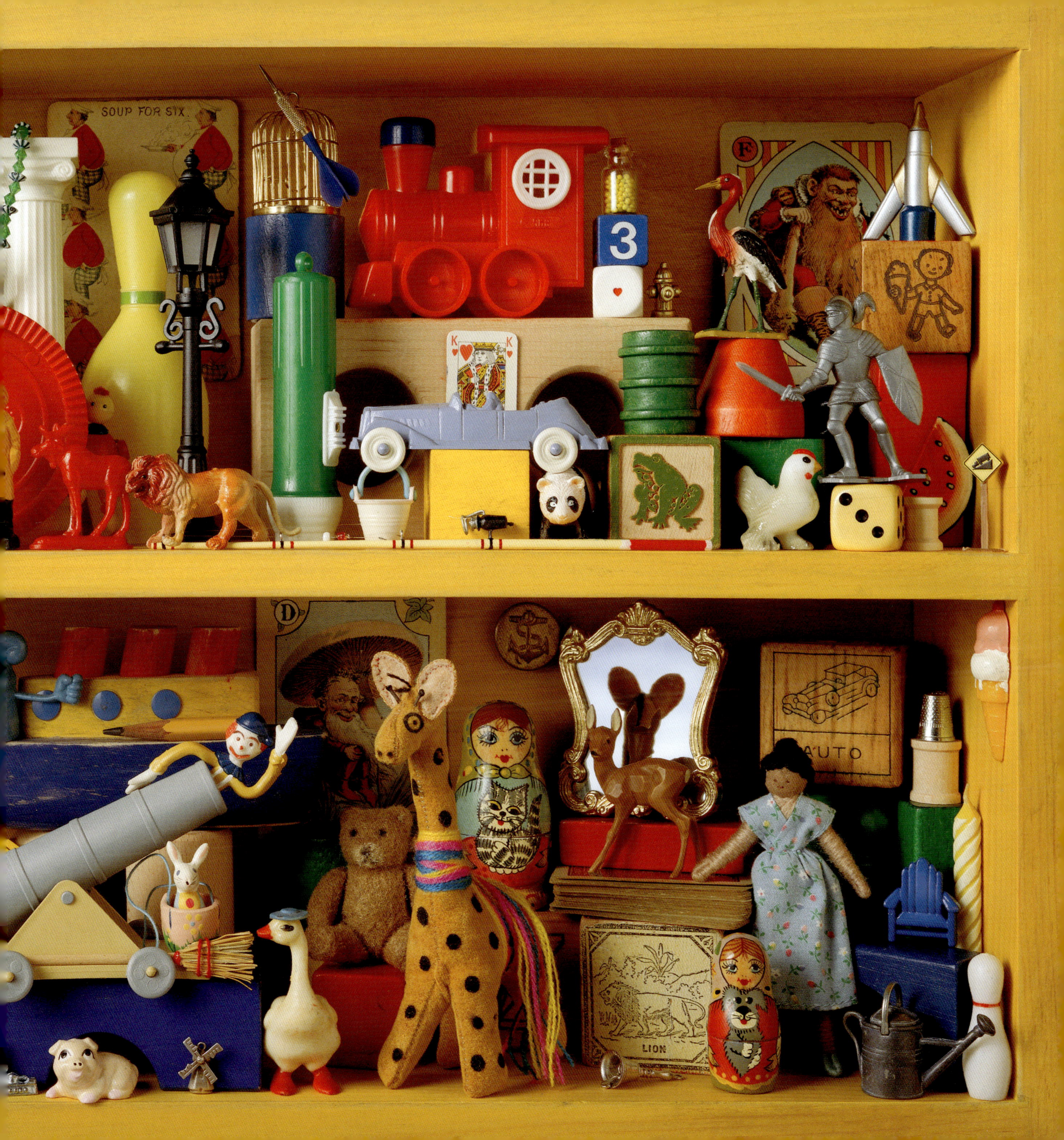

SOUP FOR SIX
F
3
K
D
AUTO
LION

MOUSE-A-WAY
ROBOT PLAN
A. DREEMER
INVENTOR

너도 보이니?

롤러스케이트 한 짝,
낡은 여객선 한 척,
야구 글러브 한 짝,
클립 한 개,
딸랑딸랑 방울 한 개,
주전자 한 개,
깜짝 놀라 도망가려는
생쥐 한 마리,
프라이팬 하나,
은빛 하트 두 개,
그리고
로봇 부품
열한 가지 전부!

너도 보이니?

핫도그 하나,
콜라 한 병,
감자튀김,
울퉁불퉁 먼 길을 떠나는
트럭 한 대,
노란색 깃발 아홉 개,
화살표 두 개, 임금님,
119소방차 한 대, 거미줄,
넓은 바다,
용수철 하나,
호랑이의 두 발,
울퉁불퉁 낙타 혹 다섯 개,
그리고
계란 트럭이 과속방지턱을
세 번만 넘어서
출구까지 도착하기!

너도 보이니?

사과 한 알, 도토리 한 톨,
자석 한 개, 다트 한 개,
칫솔 한 개, 욕조 한 개,
바퀴 하나짜리 수레 한 대,
칼을 든 병사 세 명,
유리구슬 한 개,
유리컵 한 개,
카드 속의 도끼 한 자루,
수갑 한 짝,
무당벌레 한 마리,
가로등 두 개,
랜턴 한 개,
늙은 호박 한 덩이, 연 한 개,
그리고
A부터 Z까지 차례로 잇기!

너도 보이니?

비행기 다섯 대,
택시 한 대,
신발 끈,
주전자의 주둥이,
기사, 왕,
나비넥타이를 맨 곰 한 마리,
꿀단지를 들고 있는 곰 한 마리,
코끼리 코 두 개,
자고 있는 토끼 한 마리,
요란한 자명종 한 개,
그리고
오른쪽 네모 쟁반에 담긴
고장난 장난감들
제자리 찾아 주기!

POLICE
HUNTER
SPACE SHIP

구불구불 노끈

은빛 해님 하나,
얼룩덜룩 바둑강아지 한 마리,
반짝반짝 고양이 한 마리,
조그만 개구리 한 마리,
빙글빙글 나사 한 개,
하얀 생쥐 여섯 마리,
귀여운 돌고래 한 마리,
주사위 열한 개,
용수철 옆에 있는 꼬마 낙타 한 마리,
그리고
유일하게 노끈 안에 있는 하트!

뒤죽박죽 상자 안

무당벌레 한 마리,
파란 별 세 개, 항아리 하나,
'2'가 나온 주사위 한 개,
지구 모양의 구슬 한 개,
초승달 하나, 야구 방망이 네 자루,
포크 하나, 숟가락 하나,
가재의 집게발 하나,
어릿광대가 매고 있는 빨간 나비넥타이 하나,
잡동사니 속의 도토리 한 톨,
그리고
알파벳이 나란히 늘어선
공깃돌 세 개!

알쏭달쏭 카드놀이

황금 열쇠 한 개,
숫자 '23' 위에 있는
빨간 단추 한 개,
노란색 고깔 하나,
펄럭이는 깃발 하나,
전화기 한 대,
말 일곱 마리,
하트 열다섯 개,
그리고
뭔가가 잘못되어 있는 카드 일곱 장!

알록달록 투명 인형

공룡 한 마리, 칼 한 자루,
백조 한 마리, 물소 뿔 한 쌍,
하품하는 하마 한 마리,
파란 캥거루 한 마리,
배 한 척, 비행기 석 대,
스르륵 지나가는 뱀 한 마리,
자동차 한 대, 기차 두 량,
달님 얼굴, 해님 얼굴,
하트 속의 하트,
그리고
달려가는 토끼 한 마리!

뚝딱뚝딱 목공소

별 두 개, 나사못 한 개,
끈 풀린 신발, 토끼 일곱 마리,
캥거루 한 마리, 밀방망이 한 개,
돼지 자리에 들어가 있는
다람쥐 한 마리,
바퀴 달린 수탉 한 마리,
흔들의자 한 개,
오리 두 마리,
그리고
곰이 있던 자리!

아슬아슬 도미노

볼링 핀 다섯 개,
연필 한 자루, 못 한 개,
까만 모자 두 개, 사자 꼬리 한 개,
테니스 라켓 한 개,
게으름뱅이 개구리 한 마리,
심벌즈 한 벌, 골무 세 개,
말 잘 듣는 강아지 한 마리,
도미노를 싣고 가는 수레 한 대,
굴러가는 공 하나,
그리고
막 아래로 뛰어내리려는 어릿광대 한 명!

신비한 마술 거울

도끼를 들고 있는 남자,
빗자루를 들고 있는 소녀,
낚시꾼의 바구니, 무지무지 큰 버섯 한 송이,
케이크 한 접시,
고양이 두 마리, 너구리 한 마리,
집으로 가는 길,
칼 한 자루,
포크 하나, 숟가락 하나,
지혜로운 늙은 마법사, 돌로 지은 탑,
팔걸이 붕대를 한 왕,
그리고
거울의 여섯 가지 속임수!

차근차근 그림 블록

나비 두 마리, 닻 하나, 물고기 한 마리,
아기 우유병 하나,
김이 모락모락 나는 접시 한 장,
의자 한 개, 판다 한 마리,
한껏 멋을 낸 오리 한 마리,
쌍안경 한 개,
생쥐 세 마리, 사슴 한 마리,
언덕을 오르는 트럭 한 대,
상자에서 튀어나온 용수철 인형,
열 개의 나무 블록에 그려진 것과
똑같은 동물과 물건 찾기!

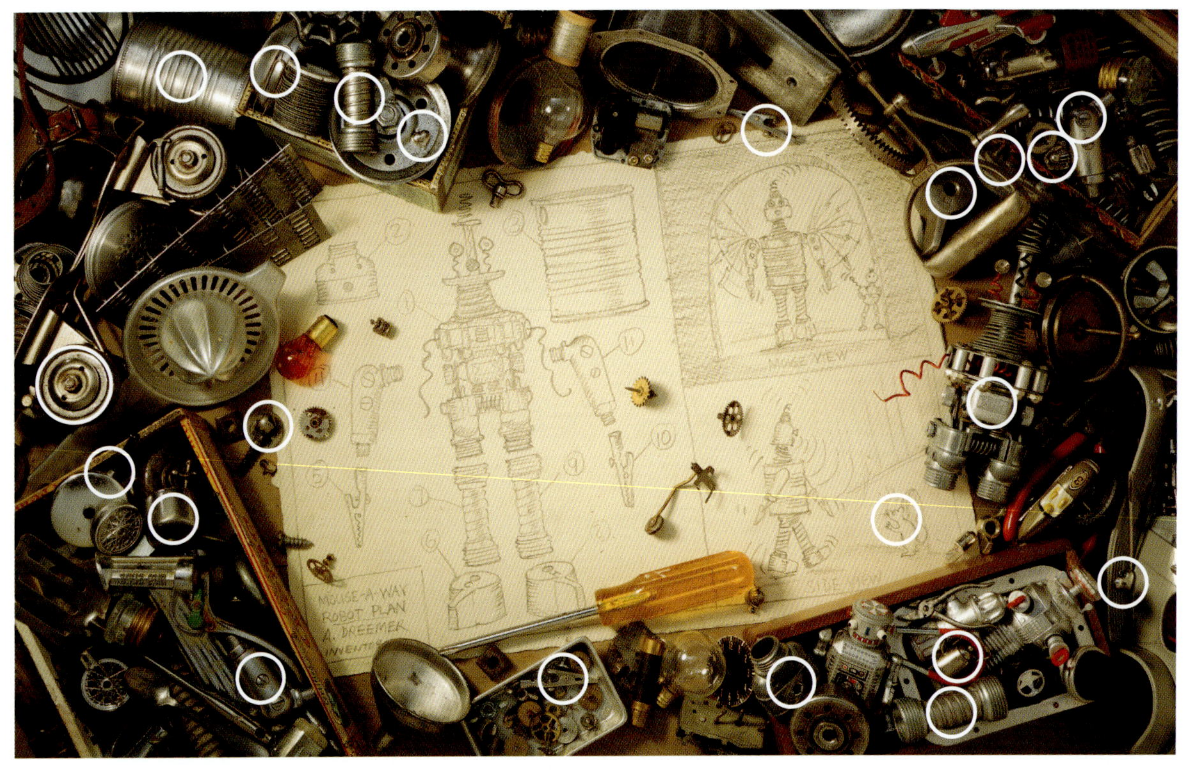

조심조심 조립실

롤러스케이트 한 짝, 낡은 여객선 한 척,
야구 글러브 한 짝, 클립 한 개,
딸랑딸랑 방울 한 개,
주전자 한 개,
깜짝 놀라 도망가려는
생쥐 한 마리,
프라이팬 하나,
은빛 하트 두 개,
그리고
로봇 부품 열한 가지 전부!

덜컹덜컹, 쿵, 쾅!

핫도그 하나, 콜라 한 병,
감자튀김,
울퉁불퉁 먼 길을 떠나는 트럭 한 대,
노란색 깃발 아홉 개, 화살표 두 개,
임금님, 119소방차 한 대, 거미줄,
넓은 바다, 용수철 하나,
호랑이의 두 발,
울퉁불퉁 낙타 혹 다섯 개,
그리고
계란 트럭이 과속방지턱을
세 번만 넘어서 출구까지 도착하기!

알파벳 미로

사과 한 알, 도토리 한 톨, 자석 한 개,
다트 한 개, 칫솔 한 개, 욕조 한 개,
바퀴 하나짜리 수레 한 대,
칼을 든 병사 세 명,
유리구슬 한 개, 유리컵 한 개,
카드 속의 도끼 한 자루,
수갑 한 짝, 무당벌레 한 마리,
가로등 두 개, 랜턴 한 개,
늙은 호박 한 덩이, 연 한 개,
그리고
A부터 Z까지 차례로 잇기!

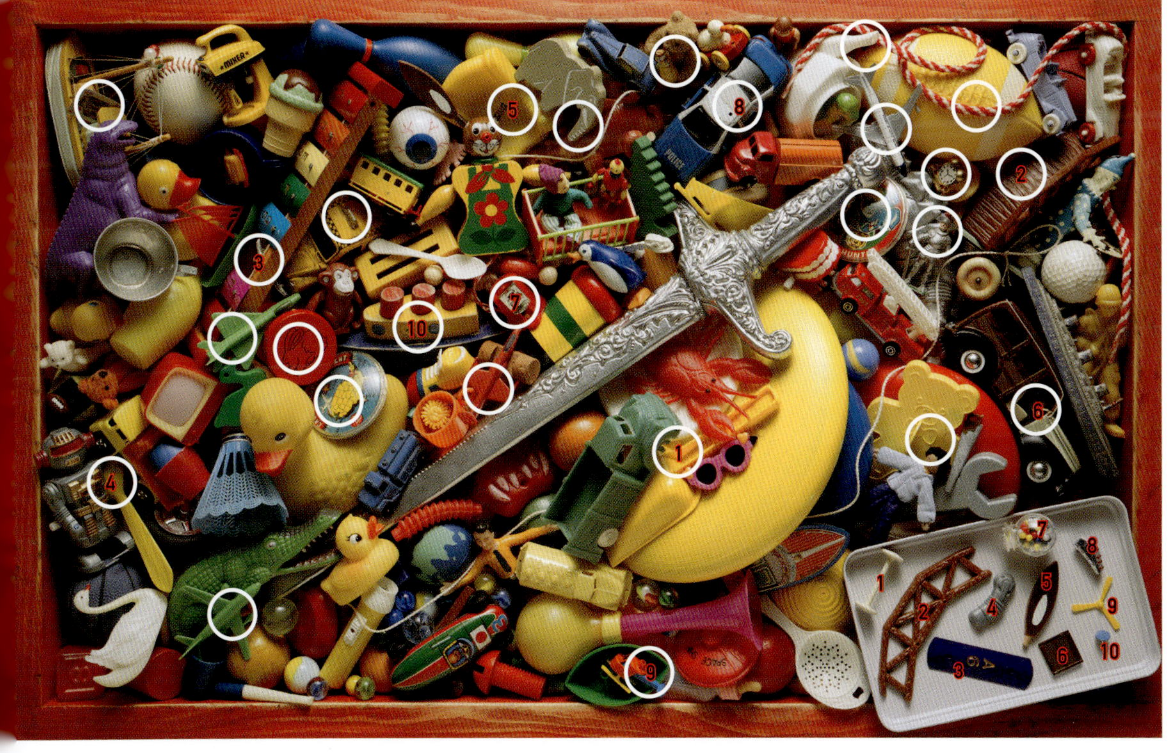

잡동사니 창고

비행기 다섯 대, 택시 한 대, 신발 끈,
주전자의 주둥이, 기사, 왕,
나비넥타이를 맨 곰 한 마리,
꿀단지를 들고 있는 곰 한 마리,
코끼리 코 두 개,
자고 있는 토끼 한 마리,
요란한 자명종 한 개,
그리고
오른쪽 네모 쟁반에 담긴 고장난 장난감들
제자리 찾아 주기!

저는 27년 전 사진 스튜디오에서 처음으로 사진 찍는 일을 시작했습니다. 스태프 가운데 가장 막내였던 저는 남들이 따분하게 여기는 물건들을 찍었습니다. 바느질 용품이나 자물쇠, 그리고 볼 베어링을 비롯한 다른 여러 가지 철물들을요. 그 물건들이 제게는 따분해 보이지 않았어요. 조명을 비추어 제대로 된 그림자를 만들어 내는 일은 아주 재미있었고, 진짜로 보일 만큼 정확한 사진을 찍는 일은 정말 즐거웠습니다.

6년 뒤 저는 직접 스튜디오를 운영하기 시작했습니다. 이제까지 작업해 오던 암나사와 수나사보다 더 재미있는 물건을 찾다가 어린 시절에 가지고 놀던 색색의 추억의 장난감을 주제로 사진을 찍게 되었습니다. 그러던 중 《게임스》지의 아트디렉터의 격려에 힘을 얻어 그 장난감들로 퍼즐 사진을 찍기 시작했습니다. 무수한 시도와 실패 끝에 플라스틱 장난감 몇 개와 작은 거울 여러 개로 첫 그림 퍼즐을 만들었습니다. 저는 그 퍼즐에 '신기한 거울 미로'라는 이름을 붙였습니다. 그 퍼즐은 1981년 《게임스》지에 실렸습니다.

그 뒤로 10년 동안 저는 과학책의 삽화에서 문고판 소설 표지에 이르기까지 다양한 사진 작업을 해 왔습니다. 그러면서 《게임스》지에 실을 그림 퍼즐 작업도 쉬지 않고 계속했습니다. 게임과 퍼즐의 전문가들과 함께 일하는 것은 참 즐거웠습니다. 마침내 1991년에 작가이며 교육자인 장 마졸로와 함께 어린이들을 위한 퍼즐 책 《나는 찾아요》를 펴냈습니다. 이 책은 정말 놀랄 만한 성공을 거두었습니다. 그 성공 덕에 저는 그 후로 10년 동안 제가 좋아하는 퍼즐의 세계에 푹 빠져 지낼 수 있었습니다. 그 동안에는 오로지 《나는 찾아요》 시리즈에만 매달렸습니다.

《너도 보이니? ❶ : 뒤죽박죽 상자 속 물건들》은 여러 퍼즐 방식을 결합해 만든 새로운 시도의 책입니다. 이 책에서 저는 비교적 찾기 쉬운 고전적 퍼즐과 그 밖의 친숙한 퍼즐을 섞어 보았습니다. 〈덜컹덜컹, 쿵, 쾅!〉, 〈알파벳 미로〉의 마지막 문제들은 미로 찾기로 했습니다. 〈차근차근 그림 블록〉, 〈조심조심 조립실〉, 〈잡동사니 창고〉는 짝맞추기 게임으로 끝나고요. 〈알쏭달쏭 카드놀이〉는 사실과 다른 점을 찾는 게임으로, 〈신비한 마술 거울〉은 거울 안과 거울 밖에서 서로 다른 점을 찾는 게임으로 끝납니다. (〈알쏭달쏭 카드놀이〉는 1985년 《게임스》지에 실린 퍼즐에서 영감을 얻은 것입니다.) 〈구불구불 노끈〉, 〈뒤죽박죽 상자 안〉은 간단한 숨은그림찾기입니다. 〈알록달록 투명 인형〉, 〈뚝딱뚝딱 목공소〉는 모두 시각적인 게임으로 앞의 것은 위장술을 이용했고, 뒤의 것은 착시 현상을 이용했습니다. 힌트를 하나 드릴까요. 〈알록달록 투명 인형〉에서 달려가는 토끼를 못 찾겠으면 좀 물러나서 보세요. 그러면 커다란 토끼가 보일 거예요. 〈뚝딱뚝딱 목공소〉에서 곰이 있던 자리를 찾으려면 책을 거꾸로 뒤집어 보세요. 손이나 종이로 주위를 가리고 곰만 따로 떼어 놓고 보아도 됩니다.

이 책에 실린 사진들은 엑타크롬 64T 필름을 사용했으며 8"×10", 4"×5" 뷰카메라로 찍었습니다. 〈신비한 마술 거울〉에서 볼 수 있는 거울의 여섯 가지 속임수는 컴퓨터로 사진을 합성해서 만들었습니다.

월터 윅

월터 윅은 전 세계적으로 3천만 부 가까이 판매된 〈나는 찾아요〉 시리즈의 작가입니다. 그가 직접 글을 쓰고 사진을 찍은 《물 한 방울》은 '보스턴 글로브 혼 북' 상을 받았으며, 미국 도서관 협회의 '주목할 만한 책', '오르비스 픽톡스 명예 도서', 캐나다 방송 협회의 '우수 어린이 과학도서'로 선정되었습니다. 또 다른 책 《눈속임》 역시 미국 도서관 협회의 '주목할 만한 어린이 책', 〈뉴욕타임스〉 북리뷰의 '우수 어린이 그림책'으로 선정되었으며, 〈오펜하임 장난감 작품 선집〉의 '플래티늄 상', 〈사이언티픽 아메리칸〉의 '어린이 독자상', 미국 학부모들이 고른 '좋은 책' 상 등 여러 상을 받았습니다. 파이어 미술대학을 졸업한 월터 윅은 현재 미국 코네티컷주에서 부인 린다와 함께 살고 있습니다.

* 월터 윅에 관련된 더 많은 정보는 www.walterwick.com에서 보실 수 있습니다.

이현정은 연세대학교 독어독문학과와 같은 대학교 대학원을 졸업했습니다. 그동안 옮긴 책으로 《꼬마 구름 파랑이》《곰인형 오토》《땅꼬마 산타클로스》 등이 있습니다.